ana & ANDREW

Un día de nieve

por Christine Platt
ilustrado por Sharon Sordo

Calico Kid
An Imprint of Magic Wagon
abdobooks.com

Sobre la autora

Christine A. Platt es una autora y una académica de la historia africana y afroamericana. Una querida narradora de la diáspora africana, Christine disfruta escribir ficción histórica y no ficción para lectores de todas las edades. Se puede aprender más acerca de su trabajo en christineaplatt.com.

Para Nalah, Gabby y nuestros días de nieve llenos de diversión. —CP

Para Leo, Por creer en mí desde el principio . —SS

abdobooks.com

Printed in the United States of America, North Mankato, Minnesota.
102019
012020

THIS BOOK CONTAINS
RECYCLED MATERIALS

Written by Christine Platt
Translated by Brook Helen Thompson
Illustrated by Sharon Sordo
Edited by Tamara L. Britton
Art Directed by Candice Keimig
Translation Design by Pakou Moua

Library of Congress Control Number: 2019944762

Publisher's Cataloging-in-Publication Data

Names: Platt, Christine, author. | Sordo, Sharon, illustrator.
Title: Un día de nieve/ by Christine Platt; illustrated by Sharon Sordo.
Other title: A snowy day. Spanish
Description: Minneapolis, Minnesota : Magic Wagon, 2020. | Series: Ana & Andrew
Summary: It's the season's first snowfall! School is canceled, and Ana & Andrew play in the snow with their neighbors and learn to make snow ice cream. They save some snow cream in the freezer for their cousins in Trinidad who have never seen snow.
Identifiers: ISBN 9781532137587 (lib. bdg.) | ISBN 9781644943656 (pbk.) | ISBN 9781532137785 (ebook)
Subjects: LCSH: Snow--Juvenile fiction. | Ice cream, ices, etc--Juvenile fiction. | Cousins--Juvenile fiction. | Caribbean Region--Juvenile fiction. | African American families--Juvenile fiction.
Classification: DDC [E]--dc23

Tabla de contenido

Capítulo #1
¿Dónde está la nieve?

Ana y Andrew estaban junto a la ventana del salón y miraron al cielo. La muñeca favorita de Ana, Sissy, estaba sentada en el estante de la ventana y miró afuera también.

—¿Estás seguro de que va a nevar? —preguntó Ana.

Mamá se acercó y se puso al lado de Andrew.

—Sin duda hace mucho frío. Creo que pronto veremos la primera nieve de este invierno.

—Espero que sí —dijo Andrew.

El inverno era una de las estaciones favoritas de Ana y Andrew. Les encantaba jugar en la nieve. Y después, Mamá siempre les hacía chocolate caliente con malvaviscos para calentarlos. Las noticias habían pronosticado nieve pero ni un copo de nieve había caído del cielo.

Ana y Andrew seguían esperando. Pronto, se ponía el sol. Después de la cena, miraron por la ventana una última vez.

—Todavía no nieva —dijo Ana con tristeza. Abrazó a Sissy.

—A lo mejor nevará mañana — Mamá besó a Ana en la mejilla—. Ahora mismo, es hora de acostarse.

Ana y Andrew se pusieron sus pijamas favoritos. El pijama de Ana estaba cubierto con dibujos de libros porque le encantaba leer. El pijama de Andrew estaba cubierto de dibujos de aviones.

Después de cambiarse de ropa, se lavaron los dientes. Entonces, Papá los arropó en sus camas y les leyó un cuento de un muñeco de nieve feliz, que hizo reír a Ana y Andrew.

—Buenas noches —dijo Ana a Andrew. Entonces susurró a Sissy—: Buenas noches.

—Buenas noches —respondió Andrew—. Voy a soñar con la nieve.

—Yo también —dijo Ana.

Entonces cerraron los ojos y se durmieron.

Capítulo #2

¡Sorpresa de nieve!

A la mañana siguiente, Mamá entró a su habitación.

—Buenos días —cantó, como siempre hacía.

—Buenos días, Mamá —dijeron Ana y Andrew.

—Creo que deberían mirar afuera —sonrió Mamá.

Ana y Andrew corrieron a su ventana y abrieron las cortinas.

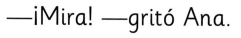

—¡Mira! —gritó Ana.

Andrew hizo un baile-contoneo.

—¡Nieve!

Grandes copos blancos de nieve caían del cielo. Su barrio entero estaba cubierto de nieve, incluso el coche de Papá.

—¡Sorpresa! —se rió Mamá.

Después del desayuno, Mamá les ayudó a vestirse. Primero, Ana y Andrew se pusieron sus pantalones y sus camisas de manga larga. Después, se pusieron sus calcetines más calientitos. Entonces se pusieron sus trajes de nieve y botas.

13

Cada invierno, Abuela tejía gorros, bufandas, y mitones para Ana y Andrew. Incluso hacía un gorro y una bufanda pequeños iguales para Sissy. Ana sonrió mientras Mamá les ayudaba a ponerse la última de su ropa de invierno.

—¿Están listos? —preguntó Papá.

—¡Sí! —dijeron Ana y Andrew con entusiasmo.

Mamá abrió la puerta. Ana y Andrew salieron corriendo para jugar en la nieve.

Capítulo #3
Helado de nieve

Los vecinos y amigos de Ana y Andrew estaban jugando en la nieve.

Ana fue al lado para visitar a Chloe.

—¿Te gustaría jugar conmigo y Sissy?

—¡Sí!

Chloe y Ana tomaron turnos ayudando a Sissy a caminar en la nieve. Entonces Papá salió y les ayudó a hacer un muñeco de nieve.

Andrew caminó a la casa de Robert. Sus otros amigos, Mike y John, estaban allí también.

—Hola Andrew —dijeron.

—¡Hola! —Andrew miró a Robert, Mike, y John poner cuencos en el suelo—. ¿Qué están haciendo?

—Estamos agarrando nieve fresca  para que podamos hacer helado de nieve —explicó Robert.

—¿Qué es helado de nieve? —preguntó Andrew.

—Es como helado —dijo John—.
Sólo mejor porque se hace con nieve.

—¡Guau! —Andrew nunca había
oído del helado de nieve.

—¿Te gustaría ayudarnos a hacer
un poco? —preguntó Mike.

—¡Sí! —dijo Andrew con entusiasmo. Puso dos cuencos en la nieve, uno para él y otro para Ana. Una vez que los cuencos estaban llenos de nieve, la madre de Robert les dio azúcar y leche para mezclar con la nieve.

—¡Es hora de helado de nieve! —gritó Robert.

—Ana, ven a probar nuestro helado de nieve —gritó Andrew a su hermana.

—Al contar tres, todos prueben
un poco —dijo John mientras todos
metieron sus cucharas en el helado de
nieve—. ¡Uno, dos, tres!

—¡Sabe delicioso! —Ana dio una

prueba a Sissy—. Y Sissy cree lo
mismo. ¡Gracias!

Todos disfrutaban su helado de
nieve durante el primer día de nieve
del invierno.

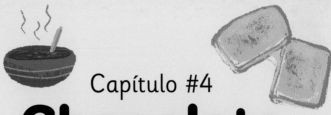

Capítulo #4

Chocolate caliente & abrazos

Al mediodía, Ana y Andrew entraron para el almuerzo. Mamá hizo sándwiches tostados de queso y sopa de tomate. Ana y Andrew metieron sus sándwiches en su sopa porque creían que sabía lo mejor así.

—¿Disfrutaron de jugar en la nieve? —preguntó Mamá.

—Ah, sí —dijo Ana—. Chloe y yo llevamos a Sissy a dar un paseo. Después Papá nos ayudó a hacer un muñeco de nieve. Se veía igual al muñeco de nieve feliz en el cuento que leímos ayer.

—Y después, comimos . . .
—Andrew miró a Ana y sonrió.

—¡Helado de nieve! —gritaron juntos.

—¡Ah! —dijo Papá—. ¡Qué gusto!

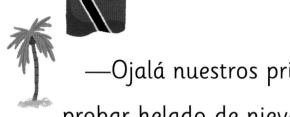

—Ojalá nuestros primos pudieran probar helado de nieve —dijo Ana—. Sé que les encantaría.

Los primos de Ana y Andrew vivían en la isla de Trinidad. Siempre hacía calor allá, entonces nunca había días de nieve.

EEUU

ÓCEANO ATLÁNTICO

EL CARIBE

EL MAR CARIBE

TRINIDAD

AMÉRICA DEL SUR

—Tal vez puedes hacer helado de nieve y congelarlo —sugirió Mamá—. Entonces pueden probarlo cuando vienen a visitarnos este verano.

—¡Sí! —Ana aplaudió—. ¡Podemos sorprenderlos como nos sorprendieron!

La última vez que Ana y Andrew visitaron a su familia en Trinidad, sus primos los sorprendieron con pastel de azúcar de su fiesta de fin de clases.

A Ana y Andrew les encantaba la dulce sorpresa azucarada, ¡sobre todo porque llevaba trozos de coco! Fue divertido probar la comida caribeña porque era tan diferente de la comida que normalmente comían.

—¡Es una gran idea! —dijo Papá.

—Hagámoslo —dijo Andrew.

—Pero tengo algo especial para Uds. primero. —Mamá les dio una taza de chocolate caliente. Había muchos malvaviscos flotando encima. Andrew hizo un baile-contoneo, y todos se rieron.

—Me encantan los días de nieve —dijo Ana.

—Como a todos nosotros —sonrió Papá.

—¡Abrazo de grupo! —Andrew abrió los brazos y abrazó a todos en su familia—. Hoy fue un día de nieve perfecto.

AnDReW

Un día de nieve

¡Es la primera nevada de la temporada! La escuela ha cancelado las clases, y Ana & Andrew juegan en la nieve con sus vecinos y aprenden a hacer helado de nieve. Guardan un poco de helado de nieve en el congelador para sus primos en Trinidad que nunca han visto la nieve.

LIBROS DE ESTA SERIE

Bailando en el Carnaval   Un día en el museo
Un día de nieve   El verano en Savannah

Distributed in paperback by

North Star
EDITIONS

ABDO
MAGIC WAGON IS A DIVISION OF ABDO
ABDOBOOKS.COM

ISBN: 978-1-64494-36
900

9 781644 943656